R 13348

Amsterdam
1740

Voltaire

La Métaphysique de Neuton

LA MÉTAPHYSIQUE DE NEUTON,

OU

PARALLÈLE

DES

SENTIMENS

DE

NEUTON ET DE LEIBNITZ.

PAR Mr. DE VOLTAIRE.

Cet Ouvrage, qui renferme beaucoup de choses très-instructives dans sa petitesse, peut servir de Supplément aux Elémens de la Philosophie de Neuton que le même Auteur a publiés.

A AMSTERDAM,

Chez JAQUES DESBORDES.

M. DCC. XL.

A V I S

A U

P U B L I C.

Uivant la distribution de l'Auteur, ce petit Ouvrage devroit avoir une Suite, & c'étoit même le dessein des Editeurs, lorsqu'on l'a distingué par PREMIERE PARTIE ; mais on leur a conseillé de supprimer la Seconde qui concerne la Lumière, & la Troisième qui traite de la Gravitation. Un habile Homme,

qu'ils

AVIS AU PUBLIC.

qu'ils ont confulté fur leur Copie, leur a fait voir clairement, que ce qu'ils fe propofoient de publier comme nouveau, n'eft, à proprement parler, qu'un Thême en deux façons des ELE'MENTS DE LA PHILOSOPHIE DE NEUTON qu'ils ont imprimés; & que ce feroit tromper honteufement le Public, de lui faire acheter deux fois la même chofe. Comme lesdits Editeurs le refpectent trop, pour abufer ainfi de fa Confiance, ils ont cru qu'il étoit de leur devoir de lui donner cet avis, afin qu'il fe prémuniffe contre les pièges, que quelqu'un de leurs

Con-

Confrères ; moins fcrupuleux &
plus hardi qu'eux, pourroit lui ten-
dre à cet égard, fous des Titres
faux ou déguifés.

Quant à ce petit Traité, qui
n'a point encore vu le jour, l'Auteur ne s'y eft point amufé à rapporter de vaines Anecdotes, dont
plufieurs perfonnes aiment à re-
paître leur curiofité fur ce qui
regarde les Hommes extraordinai-
res. Il ne s'eft attaché qu'à faire connoître ce que Neuton penfoit en ME'TAPHYSIQUE ; &
cet Ouvrage doit être d'autant plus
utile, qu'il eft à croire, que ce fa-

 meux

AVIS AU PUBLIC.

meux ANGLAIS, *qui a découvert tant de Vérités admirables dans le Monde sensible, ne s'est pas beaucoup égaré dans le Monde intellectuel. C'est au Lecteur éclairé à juger de son mérite.*

LA
MÉTAPHYSIQUE.

PREMIERE PARTIE.

CHAPITRE I.

De Dieu.

NEUTON étoit intimement perſuadé de l'Exiſtence d'un Dieu, & il entendoit par ce mot non-ſeulement un Etre infini, tout-puiſſant, éternel & créateur, mais un Maître qui a mis une relation entre lui & ſes créatures ; car ſans cette relation la connoiſſance d'un Dieu n'eſt qu'une idée ſtérile qui laiſſe le Genre Humain ſans morale & ſans vertu.

Auſſi ce grand Philoſophe fait une remar-

A

que

que singulière à la fin de ses Principes : c'est qu'on ne dit point, *mon Eternel*, *mon Infini*, parce que ces attributs n'ont rien de relatif à notre nature, mais on dit & on doit dire, MON DIEU ; & par-là il faut entendre le Maître & le Conservateur de notre vie, & l'objet de nos pensées. Je me souviens que dans plusieurs conférences que j'eus en 1726 avec le Docteur Clarke, jamais ce Philosophe ne prononçoit le nom de Dieu, qu'avec un air de receuillement & de respect très-remarquable. Je lui avouai l'impression que cela faisoit sur moi ; & il me dit que c'étoit de Neuton, qu'il avoit pris insensiblement cette coutume laquelle doit être en effet celle de tous les hommes.

Toute la Philosophie de Neuton conduit nécessairement à la connoissance d'un Etre suprême qui a tout créé, tout arrangé librement. Car si selon Neuton (& selon la Raison) le Monde est fini, s'il y a du vuide, la Matière n'existe donc pas nécessairement ; elle a donc reçu l'existence d'une Cause libre. Si la Matière gravite, comme cela est démontré, elle ne gravite pas de sa nature ; elle a donc reçu de Dieu la gravitation. Si

les

les Planetes tournent en un sens , plutôt qu'en un autre, dans un Espace non résistant , la main de leur Créateur a donc dirigé leurs cours en ce sens avec une liberté absolue.

Il s'en faut bien que les prétendus Principes Physiques de Descartes conduisent ainsi l'Esprit à la connoissance de son Créateur. A Dieu ne plaise que, par une calomnie horrible , j'accuse ce grand Homme d'avoir méconnu la suprême Intelligence à laquelle il devoit tant , & qui l'avoit élevé au-dessus de presque tous les hommes de son Siècle. Je dis seulement que l'abus qu'il a fait quelquefois de son esprit, a conduit ses Disciples à des précipices dont il étoit fort éloigné: je dis que le Systéme Cartésien a produit celui de Spinosa : je dis que j'ai connu beaucoup de personnes que le Cartésianisme a conduits à n'admettre d'autre Dieu que l'immensité des choses; & que je n'ai vu au contraire aucun Neutonien qui ne fût Théiste dans le sens le plus rigoureux.

Dès qu'on s'est persuadé, avec Descartes, qu'il est impossible que le Monde soit fini,

que

que le Mouvement eſt toujours dans la même quantité : dès qu'on oſe dire, donnez-
moi du mouvement & de la matière, & je
vais faire un Monde; alors, il le faut avouer,
ces idées fauſſes excluent par des conſéquen-
ces trop juſtes l'idée d'un Etre ſeul infini,
ſeul Auteur du mouvement, ſeul Auteur de
l'organiſation des Subſtances.

Pluſieurs perſonnes s'étonneront ici peut-
être, que de toutes les preuves de l'exiſtence
d'un Dieu, celle des Cauſes finales fût la
plus forte aux yeux de Neuton. Le deſſein,
ou plutôt les deſſeins variés à l'infini, qui écla-
tènt dans les plus vaſtes & les plus petites
parties de l'Univers, font une démonſtration
qui à force d'être ſenſible, en eſt preſque mé-
priſée par quelques Philoſophes; mais enfin
Neuton penſoit que ces rapports infinis, qu'il
appercevoit plus qu'un autre, étoient l'Ouvrage d'un Artiſan infiniment habile.

Raiſons que tous les Eſprits ne goû- tent pas. Il ne goûtoit pas beaucoup la grande
preuve qui ſe tire de la ſucceſſion des Etres.
On dit communément que ſi les Hommes,
les Animaux, les Végétaux, tout ce qui com-
poſe le Monde étoit éternel, on ſeroit forcé
d'ad-

d'admettre une fuite de générations fans Caufe. Ces Etres, dit-on, n'auroient point d'origine de leur exiftence. Ils n'en auroient point d'extérieure, puifqu'ils font fuppofés remonter de génération en génération fans commencement : ils n'en auroient point d'intérieure, puifqu'aucun d'eux n'exifteroit par foi-même ; ainfi tout feroit effet & rien ne feroit Caufe.

Il trouvoit que cet Argument étoit fondé fur l'équivoque de *générations & d'êtres formés les uns par les autres:* car les Athées qui admettent le Plein, répondent qu'à proprement parler il n'y a point de générations; il n'y a point d'êtres produits, il n'y a point plufieurs Subftances. L'Univers eft un Tout, exiftant néceffairement, qui fe développe fans ceffe: c'eft un même Etre, dont la nature eft d'être immuable dans fa fubftance, & éternellement varié dans fes modifications; ainfi l'Argument tiré feulement des Etres qui fe fuccedent prouveroit peut-être peu contre l'Athée qui nieroit la pluralité des Etres. Il faudroit donc le combattre avec d'autres armes : il faudroit lui prouver que la Matière ne peut avoir d'elle-même aucun mouve-

A 3

ment:

Raifons des Matérialiftes.

ment: il faudroit lui faire entendre que fi elle avoit le moindre mouvement par elle-
même, ce mouvement lui feroit effentiel ; il
feroit alors contradictoire qu'il y eût du repos. Mais fi l'Athée répond qu'il n'y a rien
en repos, que le repos eft une fiction, une
idée incompatible avec la nature de l'Univers : qu'une Matière infiniment déliée cir-
cule éternellement dans tous les pores des
Corps : s'il foutient qu'il y a toujours également des forces motrices dans la Nature, &
que cette permanente égalité de forces femble prouver un mouvement néceffaire ; alors
il faut encore recourir contre lui à d'autres
armes, & il peut prolonger le combat. En
un mot, je ne fai s'il y a aucune preuve Métaphyfique plus frapante , & qui parle plus
fortement à l'Homme, que cet ordre admira-
ble qui règne dans le Monde ; & fi jamais il
y a eu un plus bel Argument que ce Verfet :
Cœli enarrant gloriam Dei. Auffi vous voyez
que Neuton n'en apporte point d'autre à la
fin de fon Optique & de fes Principes.

Je fuppofe que plufieurs Etres penfans &
très-raifonnables vivent quinze jours feulement, & cela dans une Ifle du Nord, où il y
ait,

ait, ce qui arrive quelquefois, huit jours de glace & de Brume vers la fin du mois de Mai : qu'à cette gelée fuccèdent trois ou quatre jours d'un Soleil ardent & d'un Chaud exceſſif : qu'un grand vent furvienne qui abatte tous les arbres & amene des Inſectes qui ravagent les moiſſons & les fruits : qu'il y ait pendant ces quinze jours un quartier de Lune très-brillante , enfuite une Eclipfe de Soleil : qu'après on perde long-tems de vûe ces Aftres : qu'un tremblement de terre furvienne, qu'une partie des habitans en foit engloutie dans la terre : qu'une autre meure de faim & de maladie : qu'une autre foit devorée par les Bétes féroces ; alors ces Etres raifonnables, ne trouvant dans ce Chaos d'horreurs que confufion & malfaifance, croiront-ils volontiers des Argumens Métaphyfiques qui prouvent un Etre fouverainement fage & bienfaifant ? Placez les au contraire dans nos Climats , & donnez leur une vie affez longue pour fuivre & admirer le cours régulier des Aftres, pour entrer dans le détail immenſe des biens prodigués autour de nous & dans nous , pour voir par tout des principes & des conféquences & des bienfaits infinis ; y aura-t-il alors quelque Argu-

ment

ment Métaphyſique plus fort que ce qu'ils
auront vu? On m'a aſſûré que Neuton, ne
trouvoit point de raiſonnement plus convain-
cant & plus beau en faveur de la Divinité, que
celui de Platon qui fait dire à un de ſes Inter-
locuteurs: Vous jugez que j'ai une Ame in-
telligente, parce que vous appercevez de l'ordre dans mes paroles & dans mes actions;
jugez donc, en voyant l'ordre de ce Monde,
qu'il y a une Ame ſouverainement intelli-
gente.

C H A-

CHAPITRE II.

De l'Espace & de la Durée comme propriétés de Dieu.

Neuton regarde l'Espace & la Durée comme deux Etres dont l'exiſtence découle néceſſairement de Dieu même.

Car l'Etre infini eſt en tout lieu, donc tout lieu exiſte: l'Etre éternel dure de toute éternité, donc une durée éternelle eſt réelle.

Il étoit échappé à Neuton de dire à la fin de ſes Queſtions d'Optique: *Ces Phénomênes de la Nature ne font-ils pas voir qu'il y a un Etre incorporel vivant, intelligent, préſent par-tout, qui dans l'Eſpace infini, comme dans ſon ſenſorium, voit, diſcerne & comprend tout de la manière la plus intime & la plus parfaite?*

Le célebre Philoſophe Leibnitz, qui avoit auparavant reconnu avec Neuton la réalité de l'Eſpace pur, & de la Durée, mais qui depuis long-tems n'étoit plus d'aucun avis de Neuton, & qui s'étoit mis en Allemagne à

Neuton attaqué par Leib- nitz.

A 5

la

la tête d'une Ecole oppofée, attaqua ces ex-
preffions du Philofophe Anglois dans une
Lettre qu'il écrivit en 1715 à la feue Reine
d'Angleterre, Epoufe de George Second.
Cette Princeffe digne d'être en Commerce a-
vec Leibnitz & Neuton, engagea une difpute réglée par Lettres entre les deux parties;
mais Neuton ennemi de toute difpute, &
avare de fon tems, laiffa le Docteur Clarke,
fon Difciple en Phyfique, & pour le moins
fon égal en Métaphyfique, entrer pour lui
dans la lice. La difpute roula fur prefque
toutes les idées Métaphyfiques de Neuton;
& c'eft peut-être le plus beau monument que
nous ayons des combats Littéraires.

Clarke commença par juftifier la compa-
raifon prife du *fenforium* dont Neuton s'étoit
fervi : il établit que nul Etre ne peut agir,
connoître, voir où il n'eft pas ; or Dieu a-
giffant, voyant par-tout, agit & voit dans
tous les points de l'Efpace, qui en ce fens
feul peut être confideré comme fon *fenforium*,
attendu l'impoffibilité où l'on eft en toute
Langue de s'exprimer quand on ofe parler
de Dieu.

Leib-

Leibnitz ſoutient que l'*Eſpace* n'eſt rien, ſinon la relation que nous concevons entre les Etres coéxiſtans ; rien, ſinon l'ordre des Corps , leur arrangement, leurs diſtances. Clarke, après Neuton, ſoutient que ſi l'Eſpace n'eſt pas réel, il s'enſuit une abſurdité; car ſi Dieu avoit mis la Terre, la Lune & le Soleil à la place où ſont les Etoiles fixes, pourvû que la Terre , la Lune & le Soleil fuſſent entr'eux dans le même ordre où ils ſont, il ſuivroit delà que la Terre, la Lune & le Soleil ſeroient dans le même lieu où ils ſont aujourd'hui; ce qui eſt une contradiction dans les termes.

Il faut, ſelon Neuton, penſer de la Durée comme de l'Eſpace, que c'eſt une choſe très-réelle : car ſi la durée n'étoit qu'un ordre de ſucceſſion entre les Créatures, il s'enſuivroit que ce qui ſe feroit aujourd'hui , & ce qui ſe fit il y a des milliers d'années, ſeroient en eux-mêmes faits dans le même inſtant; ce qui eſt encore contradictoire.

Enfin l'Eſpace & la Durée ſont des quantités; c'eſt donc quelque choſe de très poſitif.

Il eſt bon de faire attention à cet ancien Argument auquel on n'a jamais répondu : Qu'un
homme aux bornes de l'Univers étende ſon
bras , ce bras doit être dans l'eſpace pur,
car il n'eſt pas dans le rien ; & ſi l'on répond
qu'il eſt encore dans la Matière, le Monde
en ce cas eſt donc infini, le Monde eſt donc
Dieu.

L'Eſpace pur, le Vuide, exiſte donc auſſi
bien que la Matière , & il exiſte méme néceſſairement ; au-lieu que la Matière n'exiſte
que par la libre volonté du Créateur.

Matière infinie impoſſible. L'exiſtence de la Matière infinie eſt au
fond une contradiction dans les termes.
Mais, dira-t-on, vous admettez un Eſpace
immenſe, infini ; pourquoi n'en ferez-vous
pas autant de la Matiere ? Voici la différen-
ce. L'Eſpace exiſte néceſſairement, parce
que Dieu exiſte néceſſairement ; il eſt immenſe, il eſt, comme la durée, un mode, une
proprieté infinie d'un Etre néceſſaire, infini.
La Matière n'eſt rien de tout cela : elle
n'exiſte point néceſſairement : & ſi cette
Subſtance étoit infinie, elle ſeroit ou une proprieté eſſentielle de Dieu, ou Dieu même :
or

or elle n'eſt ni l'un ni l'autre; elle n'eſt donc pas infinie & ne ſauroit l'être.

J'inférerai ici une remarque qui me paroît mériter quelque attention.

Deſcartes admettoit un Dieu créateur & Cauſe de tout ; mais il nioit la poſſibilité du *Vuide.* Epicure nioit un Dieu créateur & Cauſe de tout , & il admettoit le *Vuide*; or c'étoit Deſcartes qui par ſes principes devoit nier un Dieu créateur , & c'étoit Epicure qui devoit l'admettre. En voici la preuve évidente.

Epicure devoit admettre un Dieu créateur & gouverneur.

Si le Vuide étoit impoſſible, ſi la Matière étoit infinie, ſi l'Etendue & la Matière étoient la même choſe, il faudroit que la Matière fût néceſſaire: or ſi la Matière étoit néceſſaire, elle exiſteroit par elle-meme d'une néceſſité abſolue, inhérente dans ſa nature primordiale, antécédente à tout ; donc elle feroit Dieu, donc celui qui admet l'impoſſibilité du *Vuide*, doit, s'il raiſonne conſéquemment, ne point admettre d'autre Dieu que la Matière.

Au

Au contraire, s'il y a du vuide, la Matière n'eſt donc point un Etre néceſſaire exiſtant par lui-même &c. donc elle a été créée : donc c'étoit à Epicure à croire, je ne dis pas des Dieux inutiles , mais un Dieu créateur & gouverneur , & c'étoit à Deſcartes à le nier. Pourquoi donc au contraire Deſcartes a-t-il toujours parlé de l'exiſtence d'un Etre créateur & conſervateur , & Epicure l'a-t-il rejetté ? C'eſt que les hommes dans leurs ſentimens, comme dans leur conduite, ſuivent rarement leurs Principes, & que leurs Syſtê-mes , ainſi que leurs vies, ſont des contra-dictions.

L'Eſpace eſt une ſuite néceſſaire de l'Exiſ-tence de Dieu. Dieu n'eſt, à proprement parler, ni dans l'Eſpace ni dans un Lieu ; mais Dieu étant néceſſairement par-tout , conſtitue par cela ſeul l'Eſpace immenſe & le lieu. De même la Durée , la permanence éternelle, eſt une ſuite indiſpenſable de l'Exiſtence de Dieu : il n'eſt ni dans la durée infinie , ni dans un tems , mais exiſtant éternellement, il conſtitue par-là l'Eternité & le Tems.

Pro-
priétés

L'Eſpace immenſe, étendu, inſéparable,

peut

peut être conçu en plusieurs portions : par exemple, l'Espace où est Saturne, n'est pas l'Espace où est Jupiter ; Mais on ne peut séparer ces parties conçues , on ne peut mettre l'une à la place de l'autre, comme on peut mettre un Corps à la place d'un autre.

de l'Espace pur, & de la Durée.

De même la Durée infinie , inséparable, & sans parties , peut être conçue en plusieurs portions , sans que jamais on puisse concevoir une portion de durée mise à la place d'une autre; les Etres existent dans une certaine portion de la Durée qu'on nomme *Tems*, & peuvent exister dans tout autre *tems*; mais une partie conçue de la durée , un tems quelconque ne peut être ailleurs qu'où il est; le passé ne peut être avenir.

L'Espace & la Durée font deux attributs nécessaires, & immuables, de l'Etre éternel & immense.

Dieu seul peut connoître tout l'Espace, Dieu seul peut connoître toute la Durée : nous mesurons quelques parties , improprement dites, de l'Espace, par le moyen des Corps étendus

tendus que nous touchons ; nous mefurons des parties, improprement dites, de la Durée par le moyen des mouvemens que nous appercevons.

Neuton d'accord avec Gaffendi.

On n'entre point ici dans le détail des preuves Phyfiques, réfervées pour d'autres Chapitres, il fuffit de remarquer qu'en tout ce qui regarde l'Efpace, la Durée, les bornes du Monde, Neuton fuivoit les anciennes opinions de Démocrite, d'Epicure, & d'une foule de Philofophes rectifiée par notre célèbre Gaffendi. Neuton a dit plufieurs fois à quelques Français qui vivent encore, qu'il regardoit Gaffendi, comme un Efprit très-jufte & très-fage, & qu'il faifoit gloire d'être entiérement de fon avis dans toutes les chofes dont on vient de parler. Ainfi quand Neuton admit l'Efpace ou le Vuide, & la Durée, dans le fens qu'on vient d'expliquer, quand il crut le Monde fini, & qu'il admit des parties de matière infécables, des Atômes, comme nous le dirons, ce n'étoit point du tout en lui l'envie d'inventer un Syftéme nouveau, puifque ces opinions ont été reçues de tous les tems ; ce n'étoit point le vain defir d'établir une Philofophie contraire à

celle

celle des Français, comme quelques-uns l'ont prétendu, puisque Gassendi étoit Français. Je puis affirmer qu'il n'en a fait que chercher la vérité avec la plus grande sincérité dont le cœur humain soit capable, & avec les plus grandes lumières que jamais Dieu ait accordées à un homme.

CHAPITRE III.

*De la Liberté dans Dieu, & du grand
Principe de la raison suffisante.*

NEUTON soutenoit que Dieu infiniment
libre, comme infiniment puissant, a fait
beaucoup de choses qui n'ont d'autre raison
de leur existence que sa seule volonté.

Par exemple, que les Planetes se meuvent
d'Occident en Orient plutôt qu'autrement,
qu'il y ait un tel nombre d'Animaux, d'Etoil-
les, de Mondes, plutôt qu'un autre, que l'U-
nivers fini soit dans un tel ou tel point de
l'Espace, &c. la volonté de l'Etre suprême
en est sa seule raison.

Princi-
pes de
Leib-
nitz.

Leibnitz prétendoit le contraire & se fon-
doit sur un ancien Axiome employé autrefois
par Archimede. *Rien ne se fait sans cause ou
sans raison suffisante,* disoit-il, *& Dieu a fait
en tout le meilleur, parce que s'il ne l'avoit pas
fait comme meilleur, il n'eut pas eu raison de le
faire.* Mais il n'y a point de meilleur dans
les choses indifférentes, disoient les Neutoniens.

niens. Mais il n'y a point de chofes indifférentes répondoient les Leibnitiens. Votre idée
même a la fatalité abfolue, difoit Clarke:
Vous faites de Dieu un Etre qui agit par né-
ceffité, & par conféquent un Etre purement
paffif: ce n'eft plus Dieu. Votre Dieu,
répondoit Leibnitz eft un Ouvrier capricieux
qui fe détermine fans raifon fuffifante. La
Volonté de Dieu eft la raifon, répondoit
l'Anglois. Leibnitz infiftoit & faifoit des at-
taques très-fortes en cette manière.

Poufiez peut-être trop loin.

Nous ne connoiffons point deux Corps entièrement femblables dans la Nature, & il
ne peut en être; car s'ils étoient femblables,
premièrement cela marqueroit dans Dieu
tout-puiffant & tout fécond, un manque de
fécondité & de puiffance; en fecond lieu, il
n'y auroit nulle raifon pourquoi l'un feroit à
cette place plutôt que l'autre.

Ses raifonnemens très-féduifans.

Les Neutoniens répondoient:
Premièrement, il ne paroît pas vrai que plufieurs Etres femblables marquent de la ftéri-
lité dans la puiffance du Créateur. Car fi les
Elémens des chofes doivent être abfolument
femblables pour produire des effets fembla

Réponfe.

B 2

bles:

bles : fi, par exemple, les Elémens des rayons éternellement rouges de la Lumière, doivent être les mêmes pour donner ces rayons rouges : fi les Elémens de l'Eau doivent être les mêmes pour former l'Eau ; cette parfaite reſſemblance, cette identité, loin de déroger à la grandeur de Dieu, eſt un des plus beaux témoignages de ſa puiſſance & de ſa ſageſſe.

Si j'oſois ici ajouter quelque choſe aux Argumens d'un Clarke & d'un Neuton , & prendre la liberté de diſputer contre un Leibnitz ; je dirois qu'il n'y a qu'un Etre infiniment puiſſant qui puiſſe faire des choſes parfaitement ſemblables. Quelque peine que prenne un homme à faire de tels Ouvrages, il ne pourra jamais y parvenir, parce que ſa vûe ne ſera jamais aſſez fine pour diſcerner les inégalités des deux Corps : il faut donc voir juſque dans l'infinie petiteſſe pour faire toutes les parties d'un Corps ſemblables à celles d'un autre ; c'eſt donc le partage unique de l'Etre infini.

Secondement, peuvent dire encore les Neutoniens, nous combattons Leibnitz par ſes propres armes. Si les Elémens des choſes

Nou-velle inſtan-

ſes

fes font tous différens, fi les premières parties d'un rayon rouge ne font pas entièrement femblables , il n'y a plus alors de *raifon fuffifante* pourquoi des parties différentes donnent toujours une couleur invariable.

ce con-
tre le
Princi-
pe des
indif-
cerna-
bles.

En troifième lieu , fi vous demandez la
raifon fuffifante pourquoi cet atôme, A, eft
dans un lieu & cet atôme, B, entièrement
femblable, eft dans un autre; la raifon en eft
dans le Mouvement qui les pouffe. Et fi
vous demandez quelle eft la raifon de ce
mouvement, ou bien vous êtes forcé de dire que ce mouvement eft néceffaire, ou vous
devez avouer que Dieu l'a commencé ; fi
vous demandez enfin pourquoi Dieu l'a commencé? Quelle autre raifon fuffifante en pouvez vous trouver, finon qu'il faloit que Dieu
ordonnât ce mouvement pour éxécuter les
Ouvrages qu'avoit projettez fa fageffe? Mais
pourquoi ce mouvement à droite plutôt qu'à
gauche, vers l'Occident plutôt que vers
l'Orient? en ce point de la Durée plutôt
qu'en un autre point ? Ne faut-il pas alors
recourir à la volonté d'indifférence dans le
Créateur? C'eft ce qu'on laiffe à examiner à
tout Lecteur impartial.

CHAPITRE IV.

De la Liberté dans l'Homme.

SELON Neuton & Clarke, l'Etre infiniment libre a communiqué à l'Homme, fa créature, une portion limitée de cette liberté ; & on n'entend pas ici par Liberté, la fimple puiffance d'appliquer fa penfée à tel ou tel objet, & de commencer le mouvement ; on n'entend pas feulement la faculté de *vouloir*, mais celle de *vouloir* très - librement avec une volonté pleine & efficace, & de vouloir même quelquefois fans autre raifon que fa volonté. Il n'y a aucun homme fur la Terre, qui ne fente quelquefois qu'il poffède cette liberté. Plufieurs Philofophes penfent d'une manière oppofée : ils croient que toutes nos actions font néceffitées, & que nous n'avons d'autre liberté que celle de porter quelquefois de bon gré les fers auxquels la fatalité nous attache.

ExcellentOuvrage contre la Liberté.

De tous les Philofophes qui ont écrit hardiment contre la Liberté, celui qui, fans contredit, l'a fait avec plus de méthode, de force

&

& de clarté, c'eſt Collens Magiſtrat de Lon-
dres, Auteur du Livre de la Liberté de Penſer, & de pluſieurs autres Ouvrages auſſi
hardis que Philoſophiques,

Clarke qui étoit entièrement dans le ſentiment de Neuton ſur la Liberté, & qui
d'ailleurs en ſoutenoit les droits autant en
Théologien d'une Secte ſinguliére qu'en Philoſophe, répondit vivement à Collens, &
mêla tant d'aigreur à ſes raiſons, qu'il fit croire qu'au moins il ſentoit toute la force de
ſon Ennemi. Il lui reproche de confondre
toutes les idées, parce que Collens, appelle
l'Homme un Agent néceſſaire : il dit qu'en
ce cas l'Homme n'eſt point Agent ; mais qui
ne voit que c'eſt-là une vraye chicane ?
Collens, appelle *Agent*, tout ce qui produit
des effets néceſſaires : qu'on l'appelle agent
ou patient qu'importe ? Le point eſt de ſavoir s'il eſt déterminé néceſſairement.

Il me ſemble pour moi, que ſi l'on peut
trouver un ſeul cas où l'Homme ſoit véri-
tablement libre d'une liberté d'indifférence ;
cela ſeul ſuffit pour décider la queſtion. Or
quel cas prendrons-nous, ſinon celui où

Si bon que le Doc-teur Clarke y ré-pondit par des injures.

Liberté d'indif-féren-ce.

B 4 l'on

l'on voudra éprouver notre liberté. Par exemple, on me propofe de me tourner à droite ou à gauche, ou de faire telle autre action à laquelle aucun plaifir ne m'entraîne, & dont aucun dégoût ne me détourne : je choifis alors, & certainement je ne fuis pas le *dictamen* de mon Entendement qui me repréfente le meilleur, car il n'y a ici ni meilleur, ni pire; que fais-je donc? J'exerce le droit que m'a donné le Créateur de vouloir & d'agir en certains cas, fans autre raifon que ma volonté même. J'ai le droit & le pouvoir de commencer le mouvement, & de le commencer du côté que je veux. Si l'on ne peut affigner en ce cas d'autre caufe de ma volonté, pourquoi la chercher ailleurs que dans ma volonté même? Il paroît donc probable que nous avons la liberté d'indifférence dans les chofes indifférentes. Car qui pourra dire que Dieu ne nous a pas fait, ou n'a pas pu nous faire ce préfent? Et s'il l'a pu, & fi nous fentons en nous ce pouvoir, comment affûrer que nous ne l'avons pas? J'ai fouvent entendu traiter de chimère cette liberté d'indifférence : on dit que fe déterminer fans raifon ne feroit que le partage des infenfés; mais on ne fonge pas que

que les infenfés font des malades qui n'ont
aucune liberté. Ils font déterminés néceffairement par le vice de leurs organes, ils
ne font point les maîtres d'eux-mêmes, ils
ne choififfent rien ; celui-là eft libre qui fe
détermine foi-même. Or pourquoi ne nous
déterminerons-nous pas nous-mêmes, par
notre feule volonté, dans les chofes indifférentes ?

Nous poffédons la liberté de fpontanéïté, Liber-
dans tous les autres cas , c'eft-à-dire que té de
lorfque nous avons des motifs , notre vo- fponta-
lonté fe détermine par eux ; & ces motifs néïté.
font toujours le dernier réfultat de l'Entendement. Ainfi quand mon Entendement fe
repréfente qu'il vaut mieux pour moi obéir
à la Loi que la violer, j'obéis à la Loi avec
une liberté fpontanée , je fais volontaire-
ment ce que le dernier *dictamen* de mon Entendement m'oblige de faire.

On ne fent jamais mieux cette efpèce de
liberté que quand notre volonté combat
nos defirs. J'ai une paffion violente, mais
mon Entendement conclut que je dois réfif-
ter à cette paffion: il me repréfente un plus

grand bien dans la victoire que dans l'asser
vissement à mon goût ; ce dernier motif
l'emporte sur l'autre, & je combats mon
desir par ma volonté. J'obéis nécessairement, mais de bon gré, à cet ordre de ma
Raison : je fais non ce que je desire, mais
ce que je veux; & en ce cas je suis libre de
toute la liberté dont une telle circonstance
peut me laisser susceptible.

Priva-
tion de
liberté
chose
très-
com-
mune.

Enfin, je ne suis libre en aucun sens
quand ma passion est trop forte & mon Entendement trop foible, ou quand mes organes sont dérangés; & malheureusement c'est
le cas où se trouvent très-souvent les hommes. Ainsi il me paroît que la liberté spon-
tanée est à l'Ame ce que la santé est au
Corps : quelques personnes l'ont toute en-
tière & durable : plusieurs la perdent souvent : d'autres sont malades toute leur vie;
je vois même que toutes les autres facul-
tés de l'Homme sont sujettes aux mêmes
inégalités. La vûe, l'ouïe, le goût, la
force, le don de penser, sont tantôt plus
forts, tantôt plus foibles : notre liberté
est, comme tout le reste, limitée, va-
riable ; en un mot, très-peu de chose,

par-

parce que nous sommes très-peu de chose.

La difficulté d'accorder la liberté de nos actions avec la Prescience éternelle de Dieu n'arrêtoit point Neuton, parce qu'il ne s'engageoit pas dans ce labyrinthe ; la liberté une fois établie ce n'est pas à nous à déterminer comment Dieu prévoit ce que nous ferons librement. Nous ne savons pas de quelle manière Dieu voit actuellement ce qui se passe , nous n'avons aucune idée de sa façon de voir; pourquoi en aurions-nous de sa façon de prévoir ? Tous ses Attributs nous doivent être également incompréhensibles.

CHAPITRE V.

De la Religion Naturelle.

Reproche de Leibnitz à Neuton.

LEIBNITZ dans ſa diſpute avec Neuton lui reprocha de donner de Dieu des idées fort baſſes , & d'anéantir la Religion Naturelle. Il prétendoit que Neuton faiſoit Dieu corporel, & cette imputation, comme nous l'avons vu, étoit fondée ſur ce mot *Senſorium, organe*. Il ajoutoit que le Dieu de Neuton avoit fait de ce Monde une fort mauvaiſe Machine qui a beſoin d'être décraſſée (c'eſt le mot dont ſe ſert Leibnitz); Neuton avoit dit , *manum emendatricem deſideraret*. Ce reproche eſt fondé ſur ce que Neuton dit qu'avec le tems les mouvemens diminueront , les irrégularités des Planetes augmenteront, & l'Univers périra, ou ſera remis en ordre par ſon Auteur.

Peu fondé.

Il eſt trop clair par l'expérience, que Dieu a fait des Machines pour être détruites. Nous ſommes l'ouvrage de ſa ſageſſe & nous périſſons; pourquoi n'en ſeroit-il pas de même du Monde? Leibnitz veut que ce Mon-

de

de foit parfait ; mais , fi Dieu ne l'a formé que pour durer un certain tems , fa perfection confifte alors à ne durer que jufqu'à l'inftant fixé pour fa diffolution. Quant à la Religion Naturelle, jamais homme n'en a été plus partifan que Neuton , fi , ce n'eft peut-être le fage Leibnitz lui-même , fon Rival en fcience & en vertu. J'entends par Religion Naturelle, les Principes de Morale communs au Genre Humain. Neuton n'admettoit à la vérité aucune notion innée avec nous , ni idées, ni fentimens, ni principes. Il étoit perfuadé avec Locke que toutes les Idées nous viennent par les Sens, à mefure que les fens fe développent. Mais il croyoit que Dieu ayant donné les mêmes fens à tous les hommes, il en réfulte chez eux les mêmes befoins , les mêmes fentimens ; par conféquent les mêmes notions groffières qui font par-tout le fondement de la Societé. Il eft conftant que Dieu a donné aux Abeilles & aux Fourmis quelque chofe pour les faire vivre en commun , qu'il n'a donné ni aux Loups, ni aux Faucons; il eft certain, puifque tous les hommes vivent en Société, qu'il y a dans leur Etre un lien fecret par lequel Dieu a voulu les attacher les uns aux

au-

autres. Or fi, à un certain âge, les idées venues par les mêmes fens à des hommes tous organifés de la même manière, ne leur donnoient pas peu à peu les mêmes principes néceffaires à toute Société, il eft encore très-fûr que ces Sociétés ne fubfifteroient pas. Voilà pourquoi de Siam jufqu'au Méxique, la Vérité, la Reconnoiffance, l'Amitié, &c. font en honneur.

Réfuta-
tion
d'un
fenti-
ment de
Locke. J'ai toujours été étonné que le fage Locke, dans le commencement de fon Traité de l'*Entendement Humain*, en réfutant fi bien les Idées innées, ait prétendu qu'il n'y a aucune notion du Bien & du Mal qui foit commune à tous les hommes. Je crois qu'il eft tombé là dans une très-grande erreur. Il fe fonde fur des Relations de Voyageurs qui difent, que dans certains Païs la coutume eft de manger les enfans, & de manger auffi les meres quand elles ne peuvent plus engendrer: que dans d'autres on honore du nom de Saints, certains Enthoufiaftes qui fe fervent d'Aneffes au lieu de femmes; mais un homme comme Locke ne devoit-il pas tenir ces Voyageurs pour fufpects? Rien n'eft fi commun parmi eux que de mal voir, de mal

rap-

rapporter ce qu'on a vu, de prendre sur-tout dans une Nation dont on ignore la Langue, l'abus d'une Loi pour la Loi même ; & enfin de juger des mœurs de tout un Peuple par un fait particulier dont on ignore encore les circonstances.

Qu'un Persan passe à Lisbonne, à Madrid ou à Goa le jour d'un *Auto da Fé* ; il croira, non sans apparence de raison, que les Chrétiens sacrifient des hommes à Dieu ; qu'il lise les Almanachs qu'on debite dans toute l'Europe au petit peuple, il pensera que nous croyons tous aux effets de la Lune ; & cependant nous en rions loin d'y croire. Ainsi tout Voyageur qui me dira, par exemple, que des Sauvages mangent leur Pere & leur Mere par piété, me permettra de lui répondre qu'en premier lieu le fait est fort douteux ; secondement, si cela est vrai, loin de détruire l'idée du respect qu'on doit à ses Parens, c'est probablement une façon barbare de marquer sa tendresse, un abus horrible de la Loi Naturelle. Car apparemment qu'on ne tue son Pere & sa Mere par devoir, que pour les délivrer ou des incommodités de la vieillesse ou des fureurs de l'Ennemi ; & si

alors

alors on lui donne un tombeau dans le fein filial, au lieu de le laiffer manger par des Vainqueurs, cette coutume, toute effroyable qu'elle eft à l'imagination, vient pourtant néceffairement de la bonté du cœur. La Religion Naturelle n'eft autre chofe que cette Loi qu'on connoît dans tout l'Univers: *Fais ce que tu voudrois qu'on te fît ;* or le Barbare qui tue fon Pere pour le fauver de fon Ennemi, & qui l'enfévelit dans fon fein, de peur qu'il n'ait fon Ennemi pour tombeau, fouhaite que fon fils le traite de même en cas pareil. Cette Loi de traiter fon prochain comme foi-même ; découle naturellement des notions les plus groffières, & fe fait entendre tôt ou tard au cœur de tous les hommes ; car ayant tous la même Raifon, il faut bien que tôt ou tard les fruits de cet Arbre fe reffemblent. Et ils fe reffemblent en effet, en ce que dans toute Société on appelle du nom de Vertu ce qu'on croit utile à la Société.

Qu'on me trouve un Pays, une Compagnie de dix perfonnes fur la Terre, où l'on n'eftime pas ce qui fera utile au Bien commun, & alors je conviendrai qu'il n'y a point

point de Règle naturelle : cette Règle varie à l'infini sans doute ; mais qu'en conclure, sinon qu'elle exiſte ? La Matière reçoit partout des formes différentes, mais elle retient par-tout ſa nature.

On a beau nous dire, par exemple, qu'à Lacédémone le *Larcin* étoit ordonné ; ce n'eſt-là qu'un abus des mots. La même choſe que nous appellons *Larcin* n'étoit point commandée à Lacédémone, mais dans une Ville où tout étoit en commun, la permiſſion qu'on donnoit de prendre habilement ce que des Particuliers s'approprioient contre la Loi, étoit une manière de punir l'Eſprit de propriété défendu chez ces Peuples. Le *Tien* & le *Mien* étoit un crime, dont ce que nous appellons Larcin étoit la punition ; & chez eux & chez nous il y avoit de la Règle pour laquelle Dieu nous a faits, comme il a fait les Fourmis pour vivre enſemble.

Neuton penſoit donc que cette diſpoſition que nous avons tous à vivre en Société eſt le fondement de la Loi Naturelle que le Chriſtianiſme perfectionne.

Le bien de la Société Religion Naturelle.

C II

Il y a fur-tout dans l'Homme une difpofi-
tion à la compaffion auffi généralement ré-
pandue que nos autres inftinêts; Neuton a-
voit cultivé ce fentiment d'humanité , & il
l'étendoit jufqu'aux Animaux. Il étoit fortement convaincu avec Locke, que Dieu a
donné aux Animaux (qui femblent n'être que
matière) une mefure d'idées , & les mêmes
fentimens qu'à nous. Il ne pouvoit penfer
que Dieu, qui ne fait rien en vain , eût donné aux Bêtes des organes de fentiment afin
qu'elles n'euffent point de fentiment.

Huma-
nité.

Il trouvoit une contradiêtion bien affreufe
à croire que les Bêtes fentent, & à les faire
fouffrir. Sa Morale s'accordoit en ce point
avec fa Philofophie : il ne cédoit qu'avec
répugnance à l'ufage barbare de nous nour-
rir du fang & de la chair des Etres femblables à nous, que nous careffons tous les
jours; & il ne permit jamais dans fa mai-
fon, qu'on les fît mourir par des morts len-
tes & recherchées, pour en rendre la nour-
riture plus délicieufe.

Cette compaffion qu'il avoit pour les A-
nimaux

nimaux fe tournoit en vraye charité pour les hommes. En Effet, fans l'humanité, vertu qui comprend toutes les vertus, on ne mériteroit guère le nom de Philoſophe.

CHAPITRE VI.

*De l'Ame, de la manière dont elle est unie
au Corps, & dont elle a ses Idées.*

Si la
Matière
peut
penser. NEUTON étoit persuadé, comme presque
tous les autres Philosophes, que l'Ame
est une Substance, simple, immatérielle, im-
périssable ; mais plusieurs personnes, qui ont
beaucoup vécu avec Locke, m'ont assûré que
Neuton avouoit, ainsi que Locke, que *nous
n'avons pas assez de connoissance de la Nature
pour oser prononcer qu'il soit impossible à Dieu
d'ajouter le Don de la Pensée à un Etre étendu
quelconque.* La grande difficulté est plutôt de
savoir comment un Etre, tel qu'il soit, peut
penser , que de savoir comment la Matière
peut devenir pensante. La pensée , il est
vrai, n'a rien de commun avec les attributs
que nous connoissons dans l'Etre étendu
qu'on appelle Corps ; mais connoissons-nous
toutes les propriétés possibles des Corps ? C'est
une chose qui paroît bien hardie que de dire à
Dieu : Vous avez pu donner le mouvement,
la gravitation , la végétation , la vie à un E-
tre , & vous ne pouvez lui donner la pensée.

Ceux-

Ceux qui difent que fi la Matière pouvoit recevoir le *Don* de la penfée, l'Ame ne feroit pas immortelle, raifonnent-ils conféquemment? Eft-il plus difficile à Dieu de conferver que de faire ? De plus, fi un Atôme infécable dure éternellement, pourquoi le don de penfer en lui ne durera-t-il pas comme lui ? Si on refufe à Dieu le pouvoir de donner, de joindre des Idées à la Matière, on eft obligé de dire que ce qu'on appelle Efprit eft un Etre dont l'effence eft de penfer à l'exclufion de tout Etre étendu.

Et s'il eft de la nature de l'Efprit de penfer effentiellement, il penfe donc néceffairement, il eft donc un Etre *penfant indépendemment de Dieu*, comme tout Triangle a néceffairement trois angles indépendemment de Dieu.

Quel eft donc le plus refpectueux pour la Divinité, ou d'affirmer que des êtres créés penfent indépendemment de lui, ou de foupçonner qu'il peut accorder la penfée à tel être qu'il daigne choifir ?

On voit par cela feul combien injuftes

font ceux qui ont voulu faire à Locke un crime de fon fentiment, & combattre, par une malignité cruelle, avec les armes de la Religion, une Idée purement Philofophique.

Au refte, Neuton étoit bien loin de hazarder une définition de l'Ame, comme tant d'autres ont ôfé le faire, il croyoit très-vraifemblable qu'il y ait des millions d'autres Subftances penfantes, dont la nature eft abfolument différente de la nature de notre Ame. Ainfi la divifion que quelques-uns ont faite de toute la Nature entre Corps & Efprit, paroît la définition d'un fourd & d'un aveugle, qui en définiffant les Sens ne foupçonneroit ni la vûe n'y l'ouïe. Car de quel droit en effet pourroit-on dire, que Dieu n'a pas rempli l'Efpace immenfe d'une infinité de Subftances qui n'ont rien de commun avec nous?

Neuton ne s'étoit point fait de Syftême fur la manière dont l'Ame eft unie au Corps, & fur la formation des idées ; ennemi des Syftèmes, il ne jugeoit de rien que par analyfe, & lorfque ce flambeau lui manquoit, il
fa-

favoit s'arrêter. Il y a eu jufqu'ici dans le ^{Quatre} Monde quatre opinions fur la formation des opi- nions Idées. La première eſt celle de prefque tou- fur la tes les anciennes Nations, qui, n'imaginant forma- rien au-delà de la Matière, ont regardé nos tion des Idées dans notre Entendement comme l'im- Idées. preſſion du Cachet fur la cire ; cette opinion confufe étoit plutôt un inſtinct groſſier qu'un raifonnement. Les Philofophes qui ont vou- Celle lu enfuite prouver que la Matière penfe par des an- ciens elle-même, ont erré bien davantage ; car le Maté- Vulgaire fe trompoit fans raifonner, & ceux- rialiſtes. ci erroient par principes. Aucun d'eux n'a pu jamais rien trouver dans la Matière qui pût prouver que l'intelligence eſt néceſſaire à fa nature.

Locke paroît le feul qui ait ôté la contra- diction entre la Matière & la Penfée, en re- courant tout d'un coup au Créateur de toute penfée & de toute matière , & en difant modeſtement : *Celui qui peut tout ne peut-il pas faire penfer un Etre matériel, un Atôme, un Elément de la Matière ?* Il s'en eſt tenu à cet- te poſſibilité en homme fage : affirmer que la Matière penfe en effet , parce que Dieu a pu lui communiquer ce don , feroit le comble de la témérité ; mais affirmer le contraîre eſt-il moins hardi ?

Celle qui eſt la plus reçue.

Le ſecond ſentiment, & celui qui eſt le plus généralement reçu , eſt celui qui établiſſant l'Ame & le Corps comme deux étres qui n'ont rien de commun, affirme cependant que Dieu les a créés pour agir l'un ſur l'autre : la ſeule preuve qu'on ait de cette action eſt l'expérience que chacun croit en avoir ; nous éprouvons que notre Corps tantôt obéit à notre volonté , tantôt la maîtriſe.

Nous imaginons qu'ils agiſſent l'un ſur l'autre réellement , parce que nous le ſentons, & il nous eſt impoſſible de pouſſer la recherche plus loin. On fait à ce Syſtème une Objection qui paroît ſans replique : c'eſt que ſi un objet extérieur , par exemple, communique un ébranlement à nos nerfs, ce mouvement va à notre Ame , ou n'y va pas : s'il y va , il lui communique du mouvement, ce qui ſuppoſeroit l'Ame corporelle ; ou il n'y va point, & en ce cas il n'y a plus d'action. Tout ce qu'on peut répondre à cela, c'eſt que cette action eſt du nombre

des

dès chofes dont le mécanifme fera toujours ignoré ; trifte manière de conclure , mais prefque la feule qui convienne à l'Homme en plus d'un point de Métaphyfique.

Le troifième Syftême eft celui des Caufes occafionnelles de Mallebranche , il commence par fuppofer que l'Ame ne peut avoir aucune influence fur le Corps : & dès-là il s'avance trop ; car de ce que l'influence de l'Ame fur le Corps ne peut être conçue, il ne s'enfuit point du tout quelle foit impoffible. Il fuppofe enfuite que la Matière , comme caufe occafionnelle , fait impreffion fur notre Corps , & qu'alors Dieu produit une idée dans notre Ame , & que réciproquement l'Homme produit un acte de volonté, & que Dieu agit immédiatement fur le Corps en conféquence de cette volonté : ainfi l'Homme n'agit, ne penfe que dans Dieu ; ce qui ne peut, me femble, recevoir un fens clair, qu'en difant que Dieu feul agit & penfe pour nous.

Celle de Mallebranche.

On eft accablé fous le poids des difficultés qui naiffent de cette Hypothèfe ; car comment, dans ce Syftême, l'Homme peut-il vouloir lui-même, & ne peut-il pas penfer lui-même? Si Dieu ne nous a pas donné la faculté de produire du mouvement & des idées, fi c'eft lui feul qui agit & penfe, c'eft lui feul qui veut. Non-feulement nous ne fommes plus libres, mais nous ne fommes rien, ou bien nous fommes des modifications de Dieu même; en ce cas, il il n'y a plus une Ame, une intelligence dans l'Homme, & ce n'eft pas la peine d'expliquer l'union du Corps avec l'Ame, puifqu'elle n'exifte pas, & que Dieu feul exifte.

Celle de Leibnitz. Le quatrième fentiment eft celui de l'Harmonie préétablie de Leibnitz. Dans fon Hypothèfe, l'Ame n'a aucun commerce avec fon corps: ce font deux Horloges que Dieu a faites, qui ont chacune un reffort, & qui vont un certain tems dans une correfpondance parfaite; l'une montre les heures, l'autre fonne. L'Horloge qui montre l'heure, ne la montre pas, parce que l'autre fonne, mais Dieu a établi leur mouvement de façon que l'éguille & la fonnerie fe rapportent continuellement. Ainfi l'Ame de Virgile produifoit l'Enéïde, & fa main écrivoit l'Enéïde, fans que cette main obéït en aucune façon à l'intention de l'Auteur;

teur; mais Dieu avoit réglé de tout tems que l'Ame de Virgile feroit des vers, & qu'une main attachée au Corps de Virgile les mettroit par écrit.

Sans parler de l'extrême embarras qu'on a encore à concilier la Liberté avec cette Harmonie préétablie, il y a une Objection bien forte à faire; c'eft que fi, felon Leibnitz, rien ne fe fait fans une raifon fuffifante, prife du fond des chofes, quelle raifon a eu Dieu d'unir enfemble deux Etres incommenfurables, deux Etres auffi heterogènes, auffi infiniment différens que l'Ame & le Corps, & dont l'un n'influe en rien fur l'autre? Autant valoit placer mon Ame dans Saturne que dans mon Corps; l'union de l'Ame & du Corps eft ici une chofe très-fuperflue. Mais le refte du Syftême de Leibnitz eft bien plus extraordinaire; on en peut voir les fondemens dans le Supplément aux Actes de Leipfik, Tome VII. & on peut confulter les Commentaires que plufieurs Allemands en ont fait amplement avec une Méthode Géométrique.

Selon Leibnitz, il y a quatre fortes d'Etres fimples, qu'il nomme Monades, comme on

le

le verra au Chapitre VIII.; on ne parle ici que de l'efpèce de Monade, qu'on appelle notre Ame. *L'Ame*, dit-il, *eft une concentra-tion, un Miroir vivant de tout l'Univers*, qui a en foi toutes les idées confufes de toutes les modifications de ce Monde, préfentes, paf-fées & futures.

Neuton, Locke & Clarke, quand ils en-tendirent parler d'une telle opinion, marquè-rent pour elle un auffi grand mépris que fi Leibnitz n'en avoit pas été l'Auteur; mais puifque de très-grands Philofophes Allemands fe font fait gloire d'expliquer ce qu'aucun Anglais n'a jamais voulu entendre, je fuis obligé d'expofer cette Hypothèfe du fameux Leibnitz, devenue pour moi plus refpectable encore depuis que vous en avez fait l'objet de vos recherches.

Tout Etre fimple créé, dit-il, eft fujet au changement, fans quoi il feroit Dieu, l'Ame eft un être fimple créé, elle ne peut donc refter dans un même état: mais les Corps, étant compofés, ne peuvent faire aucune al-tération dans un Etre fimple: il faut donc que fes changemens prennent leur fource dans fa

propre

propre nature ; les changemens font donc des idées fuccefſives des choſes de cet Univers. Elle en a quelques-unes de claires ; mais toutes les choſes de cet Univers, *dit Leibnitz*, ſont tellement dépendantes l'une de l'autre, tellement liées entr'elles à jamais, que ſi l'Ame a une idée claire d'une de ces choſes, elle a néceffairement des idées confuſes & obſcures de tout le reſte.

On pourroit, pour éclaircir cette opinion, apporter l'exemple d'un homme qui a une idée claire d'un Jeu : il a en même tems pluſieurs idées confuſes de pluſieurs combinaiſons de ce jeu. Un homme qui a actuellement une idée claire d'un Triangle, a une idée de pluſieurs proprietés du Triangle, lesquelles peuvent ſe préſenter à leur tour plus clairement à ſon eſprit. Voilà en quel ſens la Monade de l'Homme eſt *un Miroir vivant de cet Univers.*

Il eſt aiſé de répondre à une telle Hypothèſe, que ſi Dieu a fait de l'Ame un Miroir, il en a fait un Miroir bien terne ; & que ſi l'on n'a d'autres raiſons pour avancer des ſuppoſitions ſi étranges, que cette liaiſon prétendue

Opinion de Leibnitz combattue.

due

due indispensable de toutes les choses de ce Monde , on bâtit cet Edifice hardi sur des fondemens qu'on n'apperçoit guère. Car quand nous avons une idée claire du Triangle, c'est que nous avons une connoissance des propriétés essentielles du Triangle, & si les idées de toutes ces propriétés ne s'offrent pas tout d'un coup lumineusement à notre esprit , elles y sont cependant , elles sont renfermées dans cette idée claire, parce qu'elles ont un rapport nécessaire l'une avec l'autre. Mais tout l'assemblage de l'Univers est-il dans ce cas? Si vous ôtez une proprieté au Triangle, vous lui ôtez tout, mais si vous ôtez à l'Univers un grain de sable le reste fera-t-il tout changé? Si de cent millions d'Etres qui se suivent deux à deux, les deux premiers changent entr'eux de place , les autres en changent-ils entr'eux nécessairement? Ne conservent-ils pas en eux les mêmes rapports ? De plus, les idées d'un homme ont-elles la même chaîne que l'on suppose dans les choses de ce Monde? Quelle liaison, quel milieu nécessaire y a-t-il entre l'idée de la nuit & des objets inconnus que je vois en m'éveillant? Quelle chaîne y a-t-il entre la mort passagère de l'Ame dans un profond

sommeil

fommeil ou dans un évanouiffement, & entre les idées que l'on reçoit en reprenant fes efprits? Quand meme il feroit poffible que Dieu eût fait tout ce que Leibnitz imagine, faudroit-il le croire fur une fimple poffibilité? Qu'a-t-il prouvé par tous ces nouveaux efforts? qu'il avoit un très-grand génie; mais s'eft-il éclairé par-là, & a-t-il éclairé les autres?

Si l'on veut favoir ce que Neuton penfoit fur l'Ame, & fur la manière dont elle opère, & lequel de tous ces fentimens il embraffoit; je répondrai qu'il n'en fuivoit aucun. Que favoit donc fur cette matière celui qui avoit foumis l'Infini au Calcul, & qui avoit découvert les Loix de la Pefanteur, &c? Il favoit douter.

CHAPITRE VII.

Des premiers Principes de la Matière.

IL ne s'agit pas ici d'examiner quel Syftème étoit plus ridicule, ou celui qui faifoit l'Eau principe de tout , ou celui qui attribuoit tout au Feu, ou celui qui imagine des Dez mis, fans intervale, les uns auprès des autres, & tournant, je ne fai comment, fur eux-mêmes.

Examen de la Matière première. Le Syftéme le plus plaufible a toujours été, qu'il y a une Matière première, indifférente à tout, uniforme & capable de toutes les formes, laquelle différemment combinée conftitue cet Univers; les Elémens de cette Matière font les mêmes, elle fe modifie felon les différens moules où elle paffe, comme un Métal en fufion devient tantôt une Urne, tantôt une Statue. C'étoit l'opinion du grand Defcartes, & elle s'accorde très-bien avec le Syftéme ingénieux , mais chimérique, de fes trois Elémens.

Neuton penfoit en ce point fur la Matière comme

comme Descartes; mais il étoit arrivé à cette conclusion par une autre voye. Comme il ne formoit presque jamais de jugement qui ne fût fondé, ou sur l'Evidence Mathématique, ou sur l'Expérience, il crut avoir l'expérience pour lui dans cet examen. L'illustre Robert Boyle, le fondateur de la Physique en Angleterre, avoit long-tems tenu de l'eau dans une Cornue à un feu égal : le Chimiste qui travailloit avec lui crut que l'eau s'étoit enfin changée en terre : le fait étoit faux comme l'a depuis prouvé Boerhave Physicien aussi exact que Médecin habile ; l'eau s'étoit évaporée, & la terre qui avoit paru en sa place venoit d'ailleurs.

Boyle & Neuton trompés par une fausse expérience.

À quel point faut-il se défier de l'Expérience, puisque celle-ci trompa Boyle & Neuton? Ces grands Philosophes n'ont pas fait difficulté de croire que, puisque les parties primitives de l'eau se changeoient en parties primitives de terre, les Elémens des choses ne font que la même matière différemment arrangée.

Si une fausse expérience n'avoit pas conduit Neuton à cette conclusion, il est à croi-

re

re qu'il eût raifonné tout autrement.

Je fupplie qu'on life avec attention ce qui fuit.

Matière première combattue. La feule manière qui appartienne à l'Homme de raifonner fur les objets, c'eſt l'analyſe. Partir tout d'un coup des premiers Principes n'appartient qu'à Dieu : & fi l'on peut fans blafphême comparer Dieu à un Architecte, & l'Univers à un Edifice; quel eſt le Voyageur, qui en voyant une partie de l'extérieur d'un Bâtiment, ôfera tout d'un coup imaginer tout l'artifice du dedans ? Voilà pourtant ce qu'ont ôfé faire prefque tous les Philofophes avec mille fois plus de témérité !

Examinons donc cet Edifice autant que nous le pouvons; que trouvons-nous autour de nous? Des Animaux, des Végétaux, des Minéraux fous le genre defquels je comprends tous les fels & fouffres, &c. du limon, du fable, de l'eau, du feu, de l'air, & rien autre chofe, du moins jufqu'à préfent.

Avant d'examiner feulement fi ces Corps font des Mixtes ou non, je me demande à moi-

moi-même , s'il eſt poſſible qu'une Matière
prétendue uniforme, qui n'eſt en elle-même
rien de tout ce qui eſt , produiſe cependant
tout ce qui eſt?

1º. Qu'eſt-ce qu'une Matière première qui
n'eſt rien des choſes de ce Monde , & qui
les produit toutes ? C'eſt une choſe dont je
ne puis avoir d'idée, & que par conſéquent
je ne dois point admettre. Il eſt bien vrai
que je ne puis me former, en général, l'idée
d'une Subſtance étendue, impénétrable & fi-
gurable , ſans déterminer ma penſée à du
ſable , ou à du limon, ou à de l'or, &c.;
mais cependant, ou cette matière eſt réellement quelqu'une de ces choſes, ou elle n'eſt
rien du tout. De même, je puis penſer à un
Triangle en général, ſans m'arrêter au Triangle équilatéral, au *ſcalène*, à l'*iſoſcèle*; mais il
faut pourtant qu'un Triangle qui éxiſte ſoit
l'un de ceux-là. Cette idée ſeule bien peſée
ſuffit peut-être pour détruire l'opinion d'une
Matière première.

2º. Si la Matière quelconque, miſe en
mouvement, ſuffiſoit pour produire ce que
nous voyons ſur la Terre , il n'y auroit au-

cune

cune raifon pour laquelle de la pouffiere bien remuée dans un Tonneau ne pourroit produire des hommes & des arbres, ni pourquoi un Champ, femé de bled, ne pourroit pas produire des Baleines & des Ecreviffes au lieu de froment.

C'eft en vain qu'on répondroit, que les moules, les filières qui reçoivent les femences s'y oppofent, car il en faudra toujours revenir à cette queftion : Pourquoi ces moules, ces filières font-elles fi invariablement déterminées ?

Or fi aucun mouvement, aucun art, n'a jamais pu faire venir des Poiffons au lieu de bled dans un Champ, ni des Neffles au lieu d'un Agneau dans le ventre d'une Brebis, ni des Rofes au haut d'un Chêne, ni des Soles dans une ruche d'Abeilles, &c. : fi toutes les efpèces font invariablement les mêmes, ne dois-je pas croire d'abord, avec quelque raifon, que toutes les efpèces ont été déterminées par le Maître du Monde : qu'il y a autant de deffeins différens qu'il y a d'efpèces différentes ; & que celles de la matière & du mouvement n'étoient qu'un Chaos éternel fans ces deffeins ?

Tou-

Toutes les expériences me confirment dans ce sentiment. Si j'examine, d'un côté, un Homme ou un Ver à foye, & de l'autre, un Oifeau & un Poiffon, je les vois tous formés dès le commencement des chofes, je ne vois en eux qu'un développement. Celui de l'Homme & de l'Infecte ont quelques rapports & quelques différences; celui du Poiffon & de l'Oifeau en ont d'autres. Nous fommes un Ver avant d'être reçus dans la matrice de notre mere, nous devenons Chryfalides nymphes dans l'uterus: lorfque nous fommes dans cette enveloppe qu'on nomme coëffe, nous en fortons avec des bras & des jambes, comme le Ver, devenu Moucheron, fort de fon tombeau avec des aîles & des pieds; nous vivons quelques jours comme lui, & notre corps fe diffout enfuite comme le fien. Le Poiffon & l'Oifeau naiffent d'un œuf forti d'une matrice : les Coquillages viennent d'une autre manière; les Végétaux, les Minéraux font encore d'autres productions. Chaque Etre eft un Monde à part; & bien loin qu'une Matière aveugle produife tout par le fimple mouvement, il eft bien vraifemblable que Dieu a formé

une

une infinité d'Etres avec des moyens infinis, parce qu'il eſt infini lui-même.

Voilà d'abord ce que je me perſuade en conſidérant la Nature. Mais ſi j'entre dans le détail, ſi je fais des expériences de chaque choſe, voici ce qui en réſulte.

Je vois des Mixtes, tels que les Végétaux & les Animaux, que je décompoſe, & dont je tire quelques élémens groſſiers, l'eſprit, le phlegme, le ſouffre, le ſel, la tête morte. Je vois d'autres Corps, tels que des Métaux, des Minéraux, dont je ne peux jamais tirer autre choſe que leurs propres parties plus attenuées : jamais de l'or pur n'a pu donner que de l'or, jamais avec du mercure pur on n'a pu avoir que du mercure; du ſable, de la boue ſimple, de l'eau ſimple, n'ont pu être changés en aucune autre eſpèce d'êtres.

Que puis-je en conclure, ſinon que les Végétaux & les Animaux ſont compoſés de ces autres êtres primitifs qui ne ſe décompoſent jamais ? Ces êtres primitifs, inaltérables, ſont les élémens des Corps. L'Homme

&

& le Moucheron font donc un compofé des parties minérales de fange, de fable, de feu, d'air, d'eau, de fouffre, de fel; & toutes ces parties primitives, indécompofables à jamais, font des élémens dont chacun a fa nature propre & invariable.

Pour ôfer affûrer le contraire, il faudroit avoir vu des transmutations; mais quelqu'un en a-t-il découvert par le fecours de la Chimie? La Pierre Philofophale n'eft elle pas regardée comme impoffible par tous les Efprits fages? Eft-il plus poffible, dans l'état préfent de ce Monde, que du fel foit changé en fouffre, de l'eau en terre, de l'air en feu, que de faire de l'or avec de la poudre de projection?

Il n'y a point de transmutations véritables

Quand les hommes ont cru aux transmutations proprement dites, n'ont-ils point en cela été trompés par l'apparence, comme ceux qui ont cru que le Soleil marchoit? Car à voir du bled & de l'eau fe convertir dans les Corps humains en fang & en chairs, qui n'auroit cru les transmutations? Cependant tout cela eft-il autre chofe que des fels, des fouffres, de la fange, &c. différemment ar-

D 4

rangés

rangés dans le bled & dans notre Corps? Plus j'y fais réflexion , plus une métamorphofe, prife à la rigueur, me femble n'être autre chofe qu'une contradiction dans les termes. Pour que les parties primitives de fel fe changent en parties primitives d'or, il faut, je crois, deux chofes, anéantir ces élémens de fel, & créer des élémens de l'or: voilà au fond ce que c'eft que ces prétendues métamorphofes d'une matière homogène & uniforme , admife jufqu'ici par tant de Philofophes; & voici ma preuve réfumée.

Il eft impoffible de concevoir l'immutabilité des efpèces fans qu'elles foient compofées de principes inaltérables. Pour que ces Principes, ces premières parties conftituantes ne changent point, il faut qu'elles foient parfaitement folides, & par conféquent toujours de même figure : s'ils font tels, ils ne peuvent pas devenir d'autres élémens, car il faudroit qu'elles reçuffent d'autres figures ; donc , puifqu'il eft impoffible que, dans la conftitution préfente de cet Univers, l'élément qui fert à faire un Homme foit changé en l'élément d'une Pierre, il faudroit , pour faire un élément de Pierre à

la

la place d'un élément d'Homme , anéantir un de ces élémens & en créer un autre à sa place. Je ne fai comment Neuton, qui admettoit des Atômes, n'en avoit pas tiré cette induction fi naturelle : il reconnoiſſoit de vrais Atômes, des Corps indiviſibles comme Gaſſendi ; mais il étoit arrivé à cette aſſertion pas ſes Mathématiques. En même tems il croyoit que ces atômes , ces élémens indiviſés , ſe changeoient continuellement les uns en les autres ; Neuton étoit homme, il pouvoit ſe tromper comme nous.

Neuton admet des Atômes.

On demandera ici, ſans doute, comment les germes des choſes étans durs & indiviſés, peuvent s'accroître & s'étendre? Ils ne s'accroiſſent probablement que par aſſemblage, par contiguité; pluſieurs atômes d'eau forment une goutte, & ainſi du reſte.

Il reſtera à ſavoir comment cette contiguité s'opère, comment les parties des Corps ſont liées entr'elles : peut-être eſt-ce un des ſecrets du Créateur, lequel ſera inconnu à jamais aux hommes ; pour ſavoir comment les parties conſtituantes de l'or forment un morceau d'or , il ſemble qu'il faudroit voir ces parties.

D 5

S'il

S'il étoit permis de dire que l'Attraction est probablement cause de cette adhésion & de cette continuité de la Matière, c'est ce qu'on pourroit avancer de plus vraisemblable. Car, en vérité, s'il est démontré, comme nous l'avons dit dans nos ELE'MENS, que toutes les parties de la Matière gravitent les unes vers les autres, quelle qu'en soit la cause, peut-on rien penser de plus naturel, sinon que les Corps qui se touchent en plus de points, sont les plus unis ensemble par la force de cette gravitation? Mais ce n'est pas ici le lieu d'entrer dans ce détail Physique.

CHAPITRE VIII.

De la nature des Elémens de la Matière, ou des Monades.

SI l'on a jamais dû dire, *audax Iapeti genus,* c'eſt dans la recherche que les hommes ont ôſé faire de ces élémens, qui ſemblent être placés à une diſtance infinie de la ſphère de nos connoiſſances. Peut-être n'y a-t-il rien de plus modeſte que l'opinion de Neuton, qui s'eſt borné à croire que les élémens de la Matière ſont de la matière; c'eſt-à-dire un Etre étendu & impénétrable, dans la nature intime duquel l'Entendement ne peut fouiller : que Dieu peut le diviſer à l'infini comme il peut l'anéantir ; mais qu'il ne le fait pourtant pas , & qu'il tient ces parties étendues & inſécables pour ſervir de Baſe à toutes les productions de l'Univers. *[Sentiment de Neuton.]*

Peut-être, d'un autre côté, n'y a-t-il rien de plus hardi que l'effort qu'a pris Leibnitz en par tant de ſon Principe de la *raiſon ſuffiſante,* pour pénétrer , s'il ſe peut , juſque *[Sentiment de Leibnitz.]*

dans

dans le sein des causes & dans la nature in-
explicable de ces élémens.

Tout Corps, *dit-il*, est composé de parties étendues ; mais ces parties étendues de
quoi sont-elles composées ? Elles sont actuellement, *continue-t-il*, divisibles & divisées à
l'infini. Vous ne trouvez donc jamais que de
l'étendue : or dire que l'étendue est la *raison
suffisante* de l'étendue , c'est faire un cercle
vicieux, c'est ne rien dire. Il faut donc trouver la raison, la cause des être étendus, dans
des êtres qui ne le soient pas, dans des êtres
simples, dans des Monades ; la Matière n'est
donc rien qu'un assemblage d'êtres simples.

On a vû au Chapitre de l'Ame que, selon
Leibnitz, chaque être simple est sujet au changement : mais ses altérations, ses détermi-
nations successives qu'il reçoit, ne peuvent
venir du dehors , par la raison que cet être est
simple, intangible, & n'occupe point de place :
il a donc la source de tous ses changemens
en lui-même, à l'occasion des objets exté-
rieurs ; il a donc dés idées. Mais il a un
rapport nécessaire avec toutes les parties de
l'Univers : il a donc des idées relatives à

tout l'Univers ; les élémens du plus vil ex-
crément ont donc un nombre infini d'idées.
Leurs idées, à la vérité, ne font pas bien claires, elles n'ont pas *l'apperception*, comme dit
Leibnitz, elles n'ont pas en elles le témoigna-
ge intime de leurs penfées ; mais elles ont
des perceptions confufes du préfent, du paf-
fé, & de l'avenir.

Il admet quatre efpèces de Monades. 1°. Quatre
Les élémens de la Matière qui n'ont aucune efpèces
penfée claire : 2°. les Monades des Bêtes qui nades.
ont quelques idées claires & aucunes diftinc-
tes : 3°. les Monades des Efprits finis qui
ont des idées confufes, des claires, des dif-
tinctes ; 4°. enfin, la Monade de Dieu qui n'a
que des idées adéquates.

Les Philofophes Anglais, je l'ai déja dit, Objec-
qui ne refpectent point les noms, ont répon- tions.
du à tout cela en riant ; mais il ne m'eft permis de combattre Leibnitz qu'en raifonnant.
Il me femble que je prendrois la liberté de
dire à ceux qui ont accrédité de telles opinions : Tout le monde convient avec vous
du Principe *de la raifon fuffifante* ; mais en ti-
rez-vous ici une conféquence bien jufte ?
1°.

I°. Vous admettez la Matière actuellement divifible à l'infini; la plus petite partie n'eft donc pas poffible à trouver. Il n'y en a point qui n'ait des côtés, qui n'occupe un lieu, qui n'ait une figure; comment donc voulez-vous qu'elle ne foit formée que d'êtres fans figure, fans lieu, & fans côtés? Ne heurtez-vous pas le grand Principe de la *contradiction* en voulant fuivre celui de *la raifon fuffifante?*

II°. Eft-il bien fuffifamment raifonnable, qu'un compofé n'ait rien de femblable à ce qui le compofe? Que dis-je rien de femblable, il y a l'infini entre un être fimple & un être étendu, & vous voulez que l'un foit fait de l'autre? Celui qui diroit que plufieurs élémens de Fer forment de l'Or, que les parties conftituantes du Sucre font de la Coloquinte, diroit-il quelque chofe de plus révoltant?

III°. Pouvez-vous bien avancer qu'une goutte d'urine foit une infinité de Monades, & que chacune d'elles ait les idées, quoiqu'obfcures, de l'Univers entier? Et cela parce que, felon vous, tout eft plein; parce

que

que dans le *Plein* tout eft lié ; parce que tout
étant lié enfemble , & une Monade ayant
néceffairement des idées, elle ne peut avoir
une perception qui ne tienne à tout ce qui
eft dans le Monde ?

Mais eft-il prouvé que tout eft plein ?
Malgré la foule des Argumens Métaphyfiques & Phyfiques en faveur du *Vuide*, eft-
il prouvé que tout étant plein votre prétendue Monade doive avoir les inutiles idées de
tout ce qui fe paffe dans ce *Plein* ? J'en appelle à votre confcience, ne fentez-vous pas
qu'un tel Syftême eft purement d'imagination ?
L'aveu de l'humaine ignorance fur les élémens de la Matière, n'eft-il pas au-deffus d'une
fcience vaine ? Quel emploi de la Logique
& de la Géométrie, fi je fais fervir ce fil à
m'égarer dans un tel Labyrinthe , & fi je
marche méthodiquement à l'Erreur avec le
flambeau même deftiné à m'éclairer ?

CHAPITRE IX.

De la Force Active.

JE suppose d'abord que l'on convient, que la Matière ne peut avoir le mouvement par elle-même; il faut donc qu'elle le reçoive d'ailleurs. Mais elle ne peut le recevoir d'une autre Matière, car ce seroit une contradiction; il faut donc qu'une Cause immatérielle produise le mouvement. Dieu est cette Cause immatérielle, & on doit ici bien prendre garde que cet Axiome vulgaire: *Qu'il ne faut point recourir à Dieu en Philosophie*, n'est bon que dans les choses que l'on doit expliquer par les Causes prochaines Physiques. Par exemple, je veux expliquer pourquoi un poids de quatre livres est contrepesé par un poids d'une livre. Si je dis que Dieu l'a ainsi réglé, je suis un ignorant; mais je satisfais à la question, si je dis que c'est parce que le poids d'une livre est quatre fois autant éloigné du point d'appui que le poids de quatre livres. Il n'en est pas de même des premiers Principes des choses. C'est alors que ne pas recourir à Dieu est souvent d'un

igno-

ignorant ; car ou il n'y a point de Dieu, ou il n'y a de premiers Principes que dans Dieu.

C'eſt lui qui a imprimé aux Planetes la force avec laquelle elles vont d'Occident en Orient ; c'eſt lui qui fait tourner les Planetes & le Soleil ſur leurs axes.

Il a imprimé une Loi à tous les Corps, par laquelle ils tendent tous également à leur centre ; enfin il a formé des Animaux auxquels il a donné une force active, avec laquelle ils font naître du mouvement.

La grande queſtion eſt de ſavoir ſi cette force, donnée de Dieu pour commencer le mouvement, eſt toujours la même dans la Nature.

Deſcartes, ſans faire mention de la Force, avançoit ſans preuve, qu'il y a toujours quantité égale de mouvement : ſon opinion étoit d'autant moins fondée que les loix mêmes du mouvement lui étoient inconnues.

S'il y a toujours même quantité de forces dans le Monde.

Leibnitz, venu dans un tems plus éclairé, a été obligé d'avouer, avec Neuton, qu'il ſe

E   perd

perd du mouvement ; mais il a prétendu que quoique la même quantité de mouvement ne fubfifte pas, la force fubfifte toujours la même.

Neuton au contraire étoit perfuadé qu'il implique contradiction , que le mouvement ne foit pas proportionnel à la force.

Avant que d'entrer fur cela dans aucune difcuffion mécanique , il faut prendre les chofes dans leur nature même ; car le Méta-physicien doit toujours conduire le Géomè-tre. Un homme a une certaine quantité de force active, mais où étoit cette force avant fa naiffance ? Si on dit qu'elle étoit dans le germe de l'Enfant ; qu'eft-ce qu'une force qu'on ne peut exercer ? Mais quand il eft devenu homme n'eft-il pas libre ? Ne peut-il pas employer plus ou moins de fa force ? Je fuppofe qu'il exerce une force de trois cens livres pour mouvoir une machine : je fuppofe, comme il eft poffible, qu'il a exer-cé cette force en baiffant un Levier, & que la machine attachée à ce Levier eft dans le récipient du vuide ; la machine peut acqué-rir aifément une force de deux mille livres.

Ex&-men de la For-ce.

L'opé-

L'opération étant faite, le bras retiré, le Levier ôté, le poids immobile, je demande fi le peu de matière qui étoit dans le récipient a reçu de la machine une force de deux mille livres ? Toutes ces confidérations ne font-elles pas voir que la force active fe répare & fe perd continuellement dans la Nature ? Que l'on faffe un peu d'attention à cet Argument-ci.

Il ne peut y avoir de mouvement fans vuide: Or qu'un corps mou A. B. C. D. reçoive une impreffion dans toutes ces parties ; je demande fi les parties B. C. D., derrière lefquelles il n'y aura aucun Corps , ne perdront point de mouvement ? Et fi les parties B. C. perdent leur mouvement, ne perdentelles pas évidemment leur force ?

Ecoutons maintenant Neuton & l'Expérience pour terminer cette difpute Métaphyfique. Le mouvement, *dit-il*, fe produit & fe perd ; mais à caufe de la tenacité des fluides, & du peu d'élafticité des folides, il fe perd beaucoup plus de mouvement qu'il n'en renaît dans la Nature.

Paroles de Neuton.

E 2   Ce-

Cela pofé , fi l'on confidère cet Axiome indubitable , que l'Effet eft toujours proportionnel à la Caufe , là où le mouvement diminue la force diminue neceſlairement. Il faudroit donc , pour conferver toujours la même quantité de forces dans l'Univers, que ce Principe (que la Caufe eft proportionnelle à l'Effet) ceffât d'être vrai.

Maniè-
res de
calcu-
ler la
Force. On a cru qu'il fuffifoit pour conferver toujours cette même force dans la Nature, on a cru, dis-je, qu'il fuffifoit de changer la manière ordinaire d'eftimer cette force. Au lieu donc que Merfenne, Defcartes, Neuton , Mariotte , Varignon , &c. ont toujours, après Archimède, mefuré la force d'un Corps en mouvement , en multipliant fa maffe par fa vîteffe , les Leibnitz, les Bernoulli, les Hermans, les Polini, les S'gravefende , les Volf , &c. ont multiplié la maffe par le quarré de la vîteffe.

Cette difpute a partagé l'Europe ; mais enfin il me femble qu'on reconnoît que c'eft au fond une difpute de mots. Il eft impoffible que ces grands Philofophes , quoique

dia-

diamétralement oppofés , fe trompent dans leurs calculs. Ils font également juftes: les effets mécaniques répondent également à l'une & à l'autre manière de compter. Il y a donc indubitablement un fens dans lequel ils ont tous raifon : or ce point où ils ont tous raifon , eft celui qui doit les réunir; & le voici , comme le Docteur Clarke l'a indiqué le premier , quoiqu'un peu durement.

Si vous confiderez le tems dans lequel un mobile agit, fa force eft au bout de ce tems comme le quarré de fa vîteffe par fa maffe. Pourquoi ? Parce que l'efpace parcouru par la maffe eft comme le quarré du tems dans lequel il eft parcouru : or le tems eft comme la vîteffe; donc alors le corps qui a parcouru cet efpace dans ce tems , agit au bout de ce tems par fa maffe , multipliée par le quarré de fa vîteffe. Ainfi lorfque ia maffe 2. parcourt, en deux tems , un efpace quelconque avec deux degrés de vîteffe , au bout de ce tems fa force eft 2. multiplié par le quarré de fa vîteffe 2.: le tout fait 8. & le corps fait une impreffion comme 8. En ce cas les Leibnitiens n'ont pas tort ; mais auffi les Cartéfiens & les Neutoniens réunis ont

Conclufion des deux Partis.

gran-

grande raifon quand ils confidèrent la chofe d'un autre fens. Car ils difent, en tems égal un corps du poids de quatre livres, avec un degré de vîteffe, agit précifément comme un poids d'une livre avec quatre degrés de vîteffe, & les corps élaftiques qui fe choquent, rejailliffent toujours en raifon réciproque de leur vîteffe & de leur maffe: c'eft-à-dire qu'une Boule double avec un mouvement, comme un, & une Boule fousdouble avec un mouvement, comme deux, lancées l'une contre l'autre, arrivent en tems égal, & rejailliffent à des hauteurs égales ; donc il ne faut pas confidérer ce qui arrive à des mobiles dans des tems inégaux, mais dans des tems égaux ; & voilà la fource du mal entendu. Donc la nouvelle manière d'envifager les forces eft vraye en un fens & fauffe en un autre ; donc elle ne fert qu'à compliquer, qu'à embrouiller une idée fimple; donc il faut s'en tenir à l'ancienne Règle, laquelle donna toujours pour mefure de la force, dans tous les cas poffibles, les vîteffes multipliées par les maffes appliquées aux tems.

Que conclure de ces deux manières d'envifager les chofes ? Il faut que tout le

mon-

monde convienne que l'Effet eſt toujours proportionnel à la Cauſe : or s'il périt du mouvement dans l'Univers , donc la force qui en eſt cauſe périt auſſi. Voilà ce que penſoit Neuton ſur la plûpart des queſtions qui tiennent à la Métaphyſique ; c'eſt à vous à juger entre lui & Leibnitz.

F I N.

9 782019 710217